Jorge el curioso™
De basura a tesoro

Curious George®
Trash into Treasure

Adaptation by Bethany V. Freitas
Based on the TV series teleplay written by Bill Burnett
Translated by Carlos E. Calvo

Adaptación de Bethany V. Freitas
Basado en el programa de televisión escrito por Bill Burnett
Traducido por Carlos E. Calvo

Houghton Mifflin Harcourt
Boston New York

Copyright © 2019 Universal Studios. *Curious George* television series © Universal Studios. Curious George and related characters, created by Margret and H. A. Rey, are copyrighted and registered by Houghton Mifflin Harcourt Publishing Company and used under license. Licensed by Universal Studios Licensing. All Rights Reserved. The PBS KIDS logo is a registered trademark of PBS and is used with permission.

For information about permission to reproduce selections from this book, write to trade.permissions@hmhco.com or to Permissions, Houghton Mifflin Harcourt Publishing Company, 3 Park Avenue, 19th Floor, New York, New York 10016.

ISBN: 978-1-328-58646-9 paper over board
ISBN: 978-1-328-58647-6 paperback

Cover art adaptation by Artful Doodlers Ltd.

hmhco.com
curiousgeorge.com

Printed in China
SCP 10 9 8 7 6 5 4 3 2 1
4500745643

AGES	GRADES	GUIDED READING LEVEL	READING RECOVERY LEVEL	LEXILE ® LEVEL	SPANISH LEXILE ®
5–7	1	J	17	530L	510L

George was excited for Pretty City Day!

¡Jorge estaba muy entusiasmado por el Día de la Ciudad Bonita!

Everyone wanted to pick up trash and make the city
pretty. But George's team wanted to win, too.

**Todos querían recoger la basura y dejar la ciudad bien bonita.
Pero el equipo de Jorge además quería ganar.**

"Teams will be judged on how much trash they collect, how pretty their streets are, and their can-do spirit!" said the mayor. "Good luck!"

—Los equipos serán juzgados según la cantidad de basura que recojan, según lo bonitas que queden sus calles, iy según su entusiasmo! —dijo el alcalde—. ¡Buena suerte!

Each person on George's team had a street to clean.
George's street was already pretty pretty.

**Cada persona del equipo de Jorge tenía que limpiar una calle.
La calle de Jorge ya estaba muy bonita.**

But look!
A candy wrapper!
George put it in his trash bag.

Pero... ¡miren!
¡El envoltorio de un caramelo!
Jorge lo puso en su bolsa de basura.

George was so busy looking
at his pretty street that he
didn't see the pile of boxes until
it was too late. *Crash!*

**Jorge estaba tan ocupado observando la calle bonita que no
vio la pila de cajas hasta que ya era demasiado tarde. *¡Crash!***

His neighbor heard the noise. "Take anything you want," he said. "Just put the rest back in the boxes."

El vecino oyó el ruido.
—Toma todo lo que quieras —le dijo—. Pero vuelve a poner lo demás en las cajas.

At least now George had some trash to pick up! But why would anyone throw out a pirate ship?

¡Por lo menos, ahora Jorge tenía algo de basura para recoger! ¿Pero por qué alguien habría tirado un barco pirata?

George wanted to keep it. He had an idea: he would use one of his bags for trash and one of his bags for treasure.

Jorge quería quedárselo. Se le ocurrió una idea: usaría una de sus bolsas para basura y la otra para sus tesoros.

The longer George walked,
the more treasure he found.

**Cuanto más caminaba Jorge,
más tesoros encontraba.**

George's treasure bag got heavy fast. He needed to empty it, so he went home.

Rápidamente, la bolsa de tesoros de Jorge se puso muy pesada. Como debía vaciarla, se fue a su casa.

He had found so many great things. A red bottle.
A blue clock. A few yellow ducks.

**Había encontrado muchísimas cosas geniales. Una botella
roja. Un reloj azul. Algunos patos amarillos.**

George had always loved the man's pig collection. Now he had a collection of his own! A street treasure collection.

A Jorge siempre le había gustado la colección de chanchitos del señor. ¡Y ahora tenía su propia colección! Una colección de tesoros callejeros.

Meanwhile, the mayor was outside, weighing the team's trash. "We need George's bags, too, if we're going to win," Steve said. "Where is he?"

Mientras tanto, el alcalde estaba en la calle pesando las bolsas del equipo.
—Si queremos ganar, también necesitamos la bolsa de Jorge —dijo Steve—. ¿Dónde está?

Upstairs, the man and Steve couldn't believe their eyes! "George, why is your trash all over the floor?" But this wasn't trash! It was George's collection.

Arriba, en el departamento, ¡el señor y Steve no podían creer lo que veían! —Jorge, ¿por qué toda la basura que recogiste está desparramada en el suelo? ¡Pero eso no era basura! Era la colección de Jorge.

"George, a collection is a group of things that are alike. Find some things that go together and make that your collection. Then bring the rest to the mayor, okay?"

—Jorge, una colección es un grupo de cosas parecidas. Busca algunas cosas que se parezcan y haz tu colección. Luego dale el resto al alcalde, ¿sí?

George looked at his treasure. There were round things and things made of wood. Red things and things that could float. George wanted to keep them all!

Jorge buscó entre sus tesoros. Había cosas redondas y cosas de madera. Cosas rojas y cosas que podían flotar. ¡Jorge se quería quedar con todas!

When George finally brought his bag to the mayor, it was still empty. "There might be more trash upstairs," the man said. "Let's all go check."

Cuando Jorge finalmente le llevó la bolsa al alcalde, estaba vacía.
—Debe de haber más basura arriba —dijo el señor—. Vayamos todos a ver.

And there was. But it sure didn't look like trash anymore. "A color collection? Way to go, George!" said Steve. Even the mayor was impressed.

Y allí estaba. Pero ya no se veía como basura.
—¿Una colección de colores? ¡Genial, Jorge! —exclamó Steve.
Hasta el alcalde se sorprendió.

They may not have collected the most trash, but
what better way to celebrate Pretty City Day than to
turn trash into something beautiful?

**Quizás no hayan recogido la mayor cantidad de basura, ¿pero
qué mejor forma de celebrar el Día de la Ciudad Bonita que
convirtiendo la basura en algo hermoso?**

Collect Them All!
¡Colecciona de todo!

George saw that lots of his treasures went together in different ways. There were round things and things made of wood. Red things and things that could float. George wanted to keep them all! Look at the images below and see how they go together in different ways. How can you sort them? What kinds of collections could you make?

Jorge notó que muchos de sus tesoros se podían agrupar de distintas maneras. Había cosas redondas y cosas de madera. Cosas rojas y cosas que podían flotar. ¡Jorge se quería quedar con todas! Observa las imágenes de abajo y fíjate cómo se pueden agrupar de distintas maneras. ¿Cómo las clasificarías? ¿Qué tipo de colecciones harías?

Recycled Bird Feeder
Comedero para pájaros reciclado

You can keep trash out of the landfill and make some neat things with recycled materials, just like George. Want to make your outside space extra pretty? Next time you finish a roll of toilet paper, use it to make a bird feeder!

Puedes evitar que se llene el basurero y hacer cosas formidables con material reciclable, como hizo Jorge. ¿Quieres embellecer el patio de tu casa o un lugar al aire libre? La próxima vez que termines un rollo de papel higiénico, iúsalo para hacer un comedero para pájaros!

You'll need:

- Empty toilet paper tube
- Butter knife
- Paper plate
- Nut butter or sunflower butter
- Birdseed
- Ribbon or string

What to do:

1. Use the knife to spread a thin layer of butter all over the outside of your toilet paper tube.

2. Pour birdseed onto the plate. Roll your buttered tube in the seed, carefully pressing to coat.

3. Thread ribbon or string through the hole in the tube and knot the ends to form a loop.

4. Hang your bird feeder from a tree branch and wait to see what feathered neighbors stop by for a snack. Now, isn't that pretty?

Vas a necesitar:

- Un tubo de cartón de un rollo de papel higiénico
- Un cuchillo para mantequilla
- Un plato de cartón
- Mantequilla de nuez o de girasol
- Semillas para pájaros
- Una cinta o cuerda

Qué hay que hacer:

1. Con el cuchillo, unta una capa delgada de mantequilla por toda la parte externa del tubo de papel higiénico.

2. Vierte semillas en el plato. Haz rodar el tubo enmantecado sobre las semillas, presionando con cuidado para que se peguen en él.

3. Pasa la cinta o la cuerda por el agujero del tubo y ata los extremos para formar un lazo.

4. Cuelga tu comedero para pájaros de la rama de un árbol y espera a que tus vecinos emplumados vengan a comer un aperitivo. ¿No es bonito?